Roberto está loco

LOS PRIMERÍSIMOS

Roberto está loco

Texto e ilustraciones de

Triunfo Arciniegas

FONDO
DE CULTURA
ECONÓMICA

Primera edición,   2005
Cuarta reimpresión,   2016

Arciniegas, Triunfo
      Roberto está loco / Triunfo Arciniegas. — México :
FCE, 2005
      [48] p. : ilus. ; 22 × 17 cm — (Los Primerísimos)
      ISBN 978-968-16-7379-6

      1. Literatura infantil I. Ser. II. t.

LC PZ7   Dewey 808.068 A767r

Distribución mundial

D. R. © 2005, Fondo de Cultura Económica
Carr. Picacho Ajusco, 227; 14738 Ciudad de México
www.fondodeculturaeconomica.com
Comentarios: librosparaninos@fondodeculturaeconomica.com
Tel.: (55)5449-1871

Editoras: Miriam Martínez y Andrea Fuentes Silva
Dirección artística: Mauricio Gómez Morin
Diseño: J. Francisco Ibarra Meza

ISBN 978-968-16-7379-6

Impreso en México • *Printed in Mexico*

A Marancar

Todo mundo sabe
que Roberto está loco.
Sueña que es el rey de Dinamarca.

Con su corona de cartón
pintada de amarillo,
saluda a la gente
desde la ventana.

En la calle les pide besos
a las muchachas.
—Un beso para el rey
de Dinamarca —dice.
Las muchachas huyen espantadas.

—Estoy encantado —grita Roberto—.
Soy encantador —grita—.
Soy un encanto, soy un rey,
soy un loco —grita.

Aunque nadie se lo solicita,
Roberto a todo el mundo
le da consejos.
Sabios consejos de rey.

Luce paraguas, bufanda
y abrigo, cuando hace sol.

Y su traje de baño
y sus anteojos de playa,
cuando llueve.

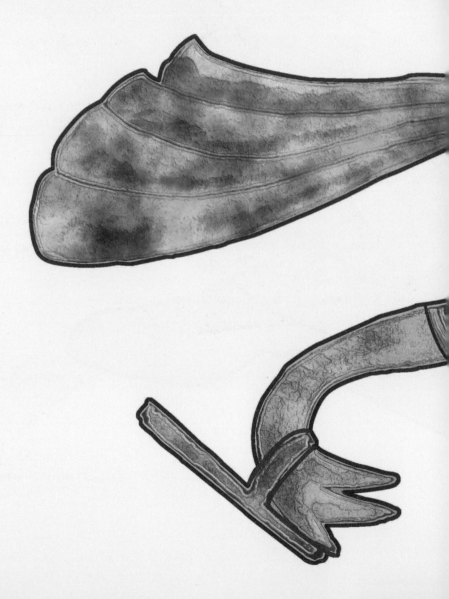

Le canta a la luna, su enamorada.

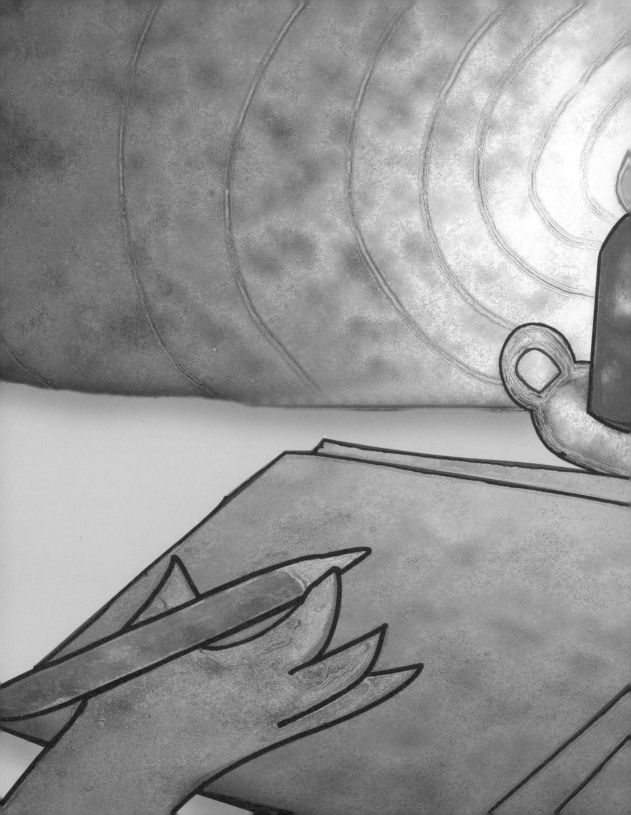

Poeta clandestino.

Campeón mundial de salto largo.

Desde hace quince años
escribe un grueso libro
de filosofía.

A veces inventa canciones.

A Roberto le encantan los disfraces.
Cree que en una fiesta
nadie sabrá quién es.
Pobre Roberto.

Prepara sopa de estrellas
con tréboles y margaritas.

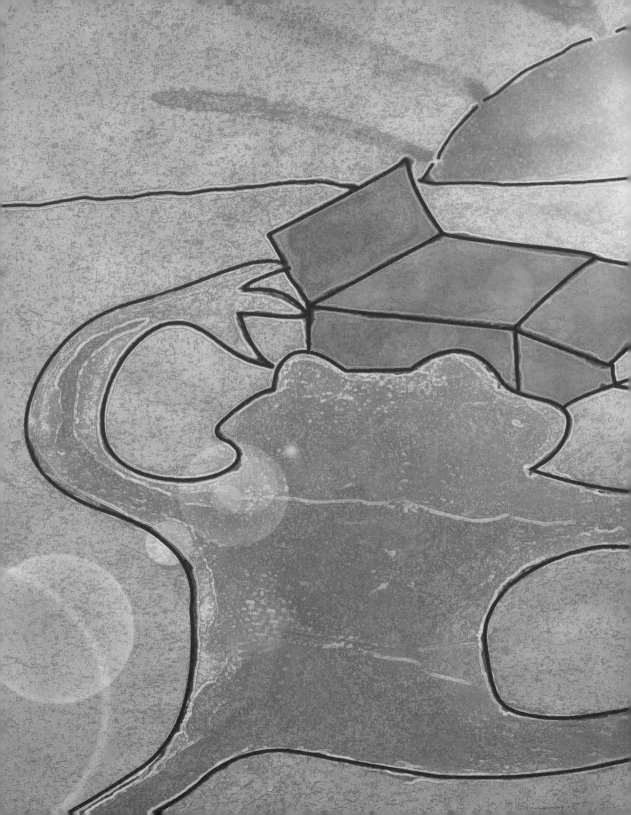

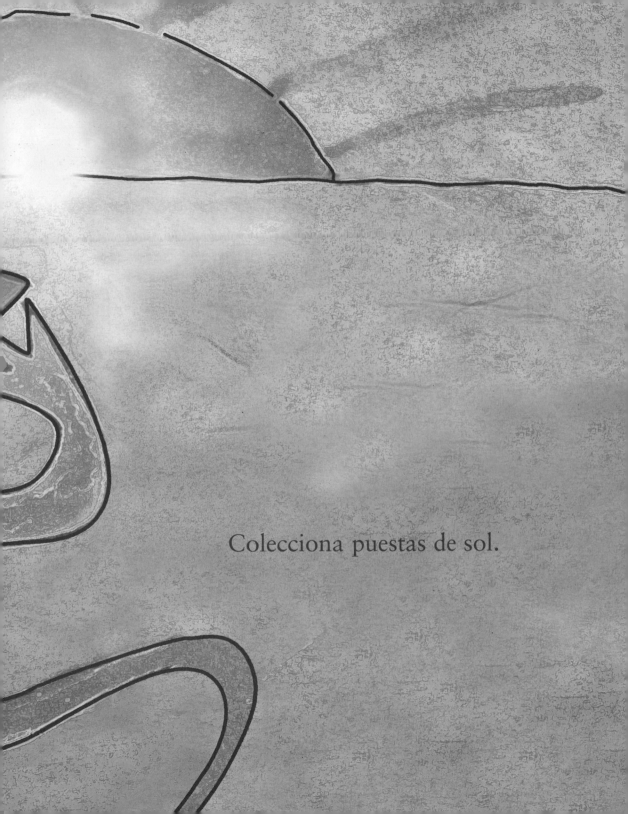

Colecciona puestas de sol.

Y arco iris.

La otra noche,
disfrazado de vampiro,
quiso asustar a una señorita.

Y la pasó muy mal.
Pobre rey de Dinamarca.

En los cumpleaños, Roberto usa sombreros
en los pies y un zapato en la cabeza.
Sólo en los cumpleaños.
Es difícil caminar así.

Definitivamente...
Roberto está loco.

Todo mundo sabe que Roberto
está loco. Pero pocos
saben que Roberto es feliz.